シュレーディンガーの猫

Schrödinger's Cat

畑谷隆子歌集

短歌研究社

シュレーディンガーの猫　目次

I

シュレーディンガーの猫

I

虹

はじまりはなべて終わりの始まりにあれば真冬の虹かかる空

いちまいの湖《うみ》にしずもる藍色の今朝は明るし冬日に光《て》りて

思わざる約束ひとつ立春を待ちて明るむ睦月きさらぎ

約束の春立つ日まで白梅の蕾ふふませ降りつづけよ雨

いつか見し夢の御寺《みてら》はモノクロの輪郭おぼろに崩れゆくなり

鈍色《にびいろ》の空の一隅《ひとすみ》はれゆきて人をおもえば冬の虹たつ

春の声

きさらぎのひかりのなかを走りゆく靴欲し乾ける大地の色の

理由など後から見つけて今ここで跳んでしまえと春の声する

おだやかな雨音のする生日の暁闇を覚め死へと寄りゆく

レトルトの萬養軒のハンバーグ温む校正に暮れたる生日

午前四時校了なして目薬を乾けるまなこに二滴落としつ

わたくしの何かを覆い隠すため服が要るまた新しい服

値札さえ外さぬままに着ざる服増えたり　未だ病むにはあらず

泣きながら生まれ笑みつつ死ぬまでの間を静かに積もる倦怠

血痕のような花びらひとつ踏み雨あがりたる小径をあゆむ

あんなこともこんなことも春なれば上書き保存してしまおうか

リハビリ病棟

二回目の車検をうけて戻りたる車を駆りて病院へゆく

女男《めお》ともに見目よく若き救急の医師ら四人が何か相談す

入院の長びく母より日々とどく携帯メールの句点ばらばら

充電しメール打つこと看護師は咎めざるとう聴こえぬ母に

水無月のリハビリ病棟なめらかに母の操る車椅子ゆく

弟と父連れ母の病室にかつての四人家族かたらう

ちちははを新幹線の速さにて離《か》れゆく弟は二人子の父

斥力

全方位いずれ向いても灰色の視野の一部にクレーンある街

けぶりたつ都会の空を区切りいるビルの間を二足歩行す

猫のように欠伸し猫のように寝る晩夏の真昼を猫のかたえに

一葉《いちよう》を見よという声脳内に再生されたる　葉は震えおり

0と1の間にあるかなしみにもう気づいているだろうおまえは

いくつもの無援の丘を越えてきて踵は大地に斥力をもつ

初秋《はつあき》のあかときそろりと目を開ける夢の向こうへ落ちないように

つややかな柿四つ買いたり三人の家族の一人は柿好む人

いつの日か青き菊花にうずもれるわたしのまとう昭和の匂い

月光の差さない部屋に膝かかえ死が通り過ぎゆくまでを待つ

わたくしの脳《なずき》の一部を預かりて秋の夜静もる白きパソコン

笑みているわたしも一人はいるだろう合わせ鏡の無限の中に

ケータイの電源切りて三時間満たさるヴェンツェル・フックスの楽《がく》

クラリネット奏者

モノリス

照りはえて重なる紅《べに》の葉の陰にひとつひとつの死が潜みおり

請求書一枚ふぁさりとデスクより落ちて霜月わたしの黄葉《もみじ》

月曜の午後四時そっと瞼《まなぶた》を圧《お》す誤字打ちたる人差し指に

電話うけキーをたたいて起票する性能劣化しいよいよ冬だ

辞めたらば労働基準監督署に言いつけてやる　笑みて従う

森に棲むモモンガのこと思わせる北海道の顧客の電話

エアコンが温風吹き出す音のみの師走の真昼間しばし安らぐ

湖のほとりにそびえたつモノリス　二〇一〇年もうすぐ終わる

くらがりの道ひき返すすべなくて冬の空気を切りつつ歩む

わたくしのオメガ今日より青年の時きざみゆくやや遅れつつ

過去からのやさしき言葉届きたり冬の深夜をケータイ光る

無理をせず生きゆくことの敗北感　大晦《おおつごもり》におせちが届く

繁忙期

銀《しろがね》のミニチュアフルート箱に入れリボン結べば奏ではじめる

洛外の暗き山辺をふりつづく雨に日の差すしばらくは虹

霙ふる朝を手早く飾りたる雛に礼なし出勤しゆく

いくたびを上書き保存してきたるファイルか閉じれば桜の画面

空気よめ読んでわたしにかまうなと声なき言葉が胸に飽和す

消去するための文字列ほの明き画面に浮かべ消去してゆく

エクセルのマクロを組めるスキルなし桜満開日曜出勤

起票ミス二件のみにてこの春の繁忙期を過ぐ葉桜は光《て》る

つぶやき

ダライ・ラマの、バラク・オバマの呟ける夏の真夜中わたしもつぶやく

寄り添える人なくさびしき春の夜をツイートツイート飛び交う鳥は

われもいま非正規労働者の一人真夜中に聞く鳩のつぶやき

街角にバラク・オバマのつぶやきを確かめ再び歩きはじめる

iPad《アイパッド》欲しい欲しいこんなにも欲しいと思えるものがまだある

くたびれたわたしにそれでいいのだと言って天才バカボンのパパよ

ピーマンの種を取りつつ思い出す嫌いな人のきらいなところ

わたくしの『1Q84』子を孕み子のみ愛するページをひらく

村上春樹著

断面図

哺乳綱偶蹄目の幾万頭しずかにしずかに水無月の土

宮崎県で口蹄疫

ポアンカレ予想を解決するほどに難《かた》くはあらず梅雨空あおぐ

休みならどこかへ連れていけと言う幼子のような父母つれて

渋滞の琵琶湖大橋わたりゆくミラーに父の寝顔を見つつ

萎縮せる父の脳《なずき》の断面図　父にやさしくあらねばならぬ

七月の空気の停止するビルの間を黒き蝶がわたりつ

天の川に橋を架けんとのぼりゆく鵲《かささぎ》を打つ雨に打たるる

生死《いきしに》のことを思わず晴れわたる都大路に鉾たつ今日は

ひとすじの逃げ道確保した夏の日差しの下をゆっくり歩く

あくびするカバの形の雲ありて真夏の視野を去るまでを見つ

白珊瑚の数珠

コーヒーを飲むか求人広告をチェックするか　あと五分ある

決算のデータを添付し税理士にメール送りぬ立秋の朝

湿りたる青きＡ４封筒に検診結果　ゆっくり開く

きんきんと冷えたエビアン流しこむ小さき石を抱く腎臓へ

三十年経《ふ》りてやさしき蟬しぐれ梨木神社に車を寄せる

下鴨の住宅街に八月の朝を静もる生家の菩提寺

ひたすらに南無阿弥陀仏を唱えいし祖母なりき　その信仰を羨しむ

はろばろと三十年を悔やみきて左手《ゆんで》に冷たき白珊瑚の数珠

水槽に浮かぶ金魚を掬いたる手のひらに死はかろがろとあり

出勤の途上に踏みし油蟬の感触とどめる足裏《あうら》をさする

ほら、そこに夏の骸《なきがら》　呼吸器に朝の空気がひいやり沁みる

嫌悪より憎悪はやさし指先を白露の朝の水にひたしつ

九月　この疲れはてたる太陽にそびら射されて歩きつづける

フルーツタルト

新しき複合ファックス据えられて仕事進めば仕事が増える

パソコンにお疲れさまと声かけて電源を切る　かく眠りたき

名月を切り取り貼り付けしたような十六夜の月を独り見上げる

真夜中の月光あびれば微粒子となりてさらさら崩れ散るかも

砂の像がくずれて砂になるような最期うつくし光《かげ》射さばなお

真夜中を覚めてかたえのケータイの迷惑メール八件削除す

十月の風にそよげる桜葉の枝を離れぬ力　しばらく

五条坂をアクセル強く踏む死者の煙となりてたなびくあたり

土曜日の烏丸御池を歩く人　帽子の男は帽子の女と

二切れのフルーツタルトのタルトのみ残し発ちゆくスーツの男

鼬

鼠より大きく猫ではない気配みしみし鳴らす天井板を

真夜中に天井裏を走るのは鼬《いたち》よイ・タ・チ　隣人笑いて

イッちゃんと呼びて親しむ天井を走る未確認生物に

何匹の鼬が棲みいるこの町に幾人《いくたり》の人眠れる今宵

野良犬のいない町なり野良猫はたまに見かける鼬は夜ごと

催花雨

期するものひとつしずめて胸熱し雨ふりつづく春の夜更けを

またひとつ歳を重ねる三月の雨は冷たく雨の匂いす

催花雨にけぶる朝《あした》に出勤し夕茜さす道を帰りぬ

本当は赤い車が欲しかった銀のボディを雨が打ちおり

あたらしきクルマをするする加速させ石灰色の街に溶けゆく

キラキラのガラスビーズのついた靴はいてどこまで走れるだろう

水道水

太平洋プレートにのる列島に生きている今日　生き残っている

放射性ヨウ素、セシウム、プルトニウム耳慣れ温《ぬる》き水道水のむ

前年比四割減の売り上げを示す帳票無言に手渡す

支払いの猶予請うべく電話する別回線に猶予請われる

薄明り差しこむポストにぬくもりて静かに待ちおり春の便りは

春の夜をふりやまぬ雨に穿たれた心か胸に両手かさねる

受話器より耳から心へ差し込みぬ猫が死んだという人の声

天候のこと話すような声音にて十六歳の飼い猫の死を

猫死にて悲しむひとのかなしみを抱《いだ》き体をまるめて眠る

ぽとぽとと涙の落ちる手の甲をざらりと舐める舌あたたかき

被災地の猫うちの猫しあわせとう言葉知らざることの幸せ

自己責任

見覚えのある絶望にようこそと微笑みかける空の澄む朝

行ってきますと朝を出かけるわたくしの家族いつかはわたしの遺族

うかつにもサザンのTSUNAMI《津波》口ずさむたまゆら初夏の午睡を覚めて

反粒子からなる反物質を千秒とじこめジュネーブは晴れ

宇宙の謎解明への一歩

てのひらに薔薇の香りの化粧水したたかなのは致し方なし

真っ白のコットン紅に染まらせて爪は呼吸をとりもどしたり

なぜ白が美しいのかチューブよりクリームにゅるりと一センチほど

悟りには到らぬもんじゅ梅雨晴れの若狭の海の耀うころを

かく重き自己責任という言葉今年はマンモグラフィ受けず

コンタクトレンズ、ウィッグ、インプラント街にあまたのサイボーグゆく

水無月の夜空を流れる魂魄の二つ三つあり数え得ず消ゆ

初螢

この年もついに螢を見るなくて虎屋に選ぶ菓子「初螢」

初螢という名の菓子を独り食む虎屋の庭に緑しずもる

たっぷりと真緑の葉をたくわえる柏の一樹虎屋菓寮に

再生を見よ真緑のさゆらげる一樹枯れ葉を落としし庭に

辛抱しよし

ひねもすをぐたりと寝そべる三毛猫に十四年目の厳しき真夏

猫の飲む水の器に二つ三つ氷うかべて出勤する朝

罫線の太さ決めかね見つめいる画面の幾筋ゆらゆらおぼろ

マウス持つ手を止め猫を案じいる終業までの長き八分

横たわり動かぬ猫に近寄れば尾の先ひくりとひとたび揺れる

もう死ぬの？いいえ、まだまだ　缶詰を開ける音へにじり寄る猫

大文字《だいもんじ》さん済んださかいにもう少し辛抱しよし　猫は夏バテ

閾値

あきらめる　まだ諦めない　羊雲ふくふくとある秋の蒼天

しあわせの閾値《いきち》を下げて老いてゆく眼鏡くもらすクリームシチュー

蒼ふかき真夜中想いの果てにある涙ぐましき言葉言の葉

黄葉にデスクトップの背景を替えたり秋の繁忙期に入る

たえまなき受注の電話に応えつつキー打つ指は別の生き物

素のままの爪でつぎつぎはずしゆくステープラーの錆びついた針

妖怪人間

オリオンの三つ星さびさび光りおり皆既月食すすむかたえを

赤銅の月が完成した空にひびく妖怪人間の聲《こえ》

寒いのは冬だからねと笑ってる冬に必ず思い出す顔

新年の朝日を反すステンレスシンク白味噌ほのかに香る

あらたまの年の光に煌めける稲穂のかんざし舞妓の髪に

雑煮椀を手早く洗いめでたくも元日午後を出勤したり

元日の仕事帰りに立ち寄りたる店に値引きシールのおせち

主婦ならむ店員つねと変わらざる笑顔に働く元日の夕

真冬の牡丹

カナリアを飼おうか悪くない朝がきたから起きろと囀るような

たっぷりのうしろめたさを放ちつつ蕾をひらく真冬の牡丹

うす紅の牡丹のかたえにもう少し眠りつづけよ大寒の朝

はっきりと敵が見えない日々にして冬のひかりに牡丹ほころぶ

冬天にクラリネットのつややかな音色とらえる双つ空耳

遮光カーテン

しがらみを絆と言い換え微笑めばやさしくなれる三月の雪

新しき遮光カーテンくらぐらと三月真昼の部屋に安らう

シベリアの凍土にその実を落としたる白き花咲く三万年経て

少しずつ黄砂に煙りゆく脳か父を訪ねる春の夜毎を

目覚めれば人間嫌いになっていた朝の体は真緑　たぶん

薬剤に高熱あててねじる髪デジタルパーマの何がデジタル

おおかたは剝がせばゴミになる紙に包まれている真心にして

醍醐寺

葉桜となりたる醍醐のさくら木を眺むる真昼間繁忙期過ぐ

満開を見ずに散り果てたる花のひとひらもなし醍醐寺あゆむ

新聞の求人広告ゆっくりと読む朝ひと月ぶりの休日

ひさし打つ雹と競いてキーたたく春の真昼の小暗き部屋に

前年比大幅アップの売り上げに貢献したるや指さき見つむ

あと何年はたらけるのか暗がりをＸＰがゆっくり起動す

かけがえなき社員はいない連休の前日私物のペン持ち帰る

「魚焼くグリル今ならもうひとつ付けます」皿に甘鯛一切れ

公園の清掃、夜警の当番を決めるに二時間町内会は

勃つという体感知らず晩春のぬるき真水につま先ひたす

螢火のように飛び交う思惑にかがやく有機ＥＬテレビ

父の時計

足萎えて四日目の夜父の乗る救急車を打つ土砂降りの雨

検査また検査をすすめる若き医師熱に赤らむ九十の父に

足萎えし原因は脳の梗塞と知りえたところで父は九十

何時間も待たされ何を待っている希望絶望父の命の

モニターの波形ひたすら見つめおり死にゆく父の手を握りつつ

弟を乗せる「のぞみ」夜を疾《と》く走れわれらの父の末期へ

モニターに0が並んだ　お父さんバイバイわたしは挽歌が苦手

中元のローストビーフ届きたりいま亡き父の書きしを貼られ

院号はどうする？ つけてあげようよ　後のことなどそんなふうに

骨壺に納められしは骨片にて父にあらざり　父は在らざる

鳩居堂、松栄堂の香たちこめて父の好みは聞きしことなく

鉾建てが始まったんやて　ここからは父のいない京都の夏だ

鴨川と疏水があふれてひとすじになりしと父の記憶を記憶す

止まりいし父の時計を振りたれば父なき世界の時うごき出す

ポイントカード

無口なる男の傍ら冷やしたるグラスにそそぐ「南部美人」を

武勇伝として安保闘争語りいる白髪の男　白髪が光る

ギヤマンの青きグラスに満ちている清酒いつかの真夏の海だ

忘れたきことこそ忘れがたきこと冷酒のグラスぬるくなるまで

納品書の再発行から始めたる連休明けの仕事山積み

臨月の近からむ妊婦あゆみゆく四条烏丸夏は過ぎたり

カシミアのセーターよりもタブレット端末欲しい街はもう秋

手漉きなる和紙の手紙を投函すヨドバシカメラの前のポストに

おおかたはポイントカードで膨らんだ財布とり出しレジに列《つら》なる

タスケテと言えば助けてくれるなら　ひりひりと晴れざんざんと雨

真夜中に肩が痛みて目覚めたりどれほど痛みを容れるや死ぬまで

日暮れても戦いすすまずわたくしに赤外線のスコープたまえ

あの声はおそらく猫だ猫だろう猫かもしれない　猫でなければ

魔法使い

騙し騙し使い続けて繁忙期さなかに壊れるプリンター　ほらね

新しきプリンターが幾千のＡ４用紙を吐き出して秋

またしてもミスした派遣の事務員に注意する声やや尖りゆく

繁忙期すぎたる真冬の空見上ぐ魔法使いはＭＰ尽きて

決心をつけねばならぬ冬の朝のど飴ひとつ溶けないうちに

立冬の朝の光をたっぷりと受けて働く時計とわたし
しろがねの光発電電波時計この冬わたしは鬱にならない

歳晩

かしましき列島に降る冬の雨賢者ら深く眠りいるべし

公園の落ち葉をひたすら掃いてゆく速度にわれも清められつつ

アイドリングストップわかっているけれど師走の街を人待つ間

年毎に購うジョージ・ジェンセンのネックレス何の褒美でもなく

試着室の鏡に映る首筋のカーブたしかに遺伝子の技

買い物をあらかた終えてなお空《から》の心しんしん歳晩の街

顔見世のまねきに勘三郎なくて師走の空に星はまたたく

われは母を母はわれを案じつつ夜ごと短きメールを交わす

「絶望は愚者の結論」さりながら　流星光る歳晩の空

無韻

オフィスのホワイトボードに少しずつ余白なくなり繁忙期近し

黒革の古きブーツを磨きたり春の光が反射するまで

パソコンのデスクトップいっぱいに桜咲きおり残業の夜

雨音を聞きつつ眠りにおちてゆく花は無韻に散り果てるべし

猫の首に鈴をつけてあげようかもう傷だらけの手を差しのべて

変わらねば（自動詞として）変えられぬ（他動詞だから）わたしがおまえを

三月の空をひらひら落ちてくる桜色した爪剝がされて

笑い袋

四十年経て会う友らにハタ坊と呼ばれて過ごすハタ坊として
きみたちの前で笑っているわれは君たちの知るハタ坊ではない

経験値あるいは澱のようなもの四十年分まといて会いたり

羨望も嫉妬も淡くなりたれば女友達いよよ親しも

四十年前にはなかった言葉もて会話愉しむ四十年経て

「笑い袋というものがあってだな」しかつめらしく昭和の顔で
めらめらと眼《まなこ》に炎たたしめた昭和の熱血なにに冷やさる

雷鳴

銀《しろがね》の栞を買いに六月の街へ出かける雨上がりの午後

コロコロン　スマホ鳴りだす水無月の夕べ言葉は艶めきはじむ

雨の音雷の音エアコンの室外機の音聞きつつ穏し

柔軟剤入れずに洗い上がりたるタオルでぬぐうこの夏の顔

雷鳴の遠く聞こえる曇り空さだめにあらば容れるしかなく

誰《た》がために　問えば即座にわがためとわたしの飼ってる小鳥が鳴いた

銀の指環

いつの間にか七月は過ぎこのように一生が過ぎ水羊羹つるり

さあねむれ眠れ熱帯夜を死んだ魚のように皮膚ぬめらせて

かろやかにスマホ鳴りだし受信する訃報のメール夏の夜更けを

会いたいと思う人には会っておけ眼裏《まなうら》にあかく火の大文字《だいもんじ》

遠からず別れの朝は来るだろうこの手はレタスを洗うしかなく

遠ざかりゆく人トリケラトプスとかトリハロメタンと同じ位置まで

晩夏から秋へさらりと切り替わる夜を三毛猫の背骨なでつつ

道端のふうせんかずらの実を二つ握り潰して会社へ向かう

みず色の水そら色の空そんなものを探して立ち止まる秋

銀《しろがね》の粘土を指環に成してゆく朝のひととき退職決める

初秋《はつあき》の光を反してあたたかき銀の指環を手のひらにおく

ベティさんの家

指定席に座りてすぐにスマートフォン取り出す普通の人間である

ハイアット・リージェンシーの三十三平方メートル占めて寝難し

真向かいに都庁をのぞむ旅の朝オリンピックの招致が決まる

真昼間を半醒半睡して過ごす老人らの家「ベティさんの家」

その部下を叱咤なしたることあらむ真昼を眠る老人四人

襁褓つけ車椅子にて移動する老いたる人ら秋の窓辺を

家がいい家に帰るというひとの襁褓を誰が換えるのだろう

運転手の関西弁に和みおり京都駅から家に着くまで

メビウスの輪

新年の光かがよう湖を母と見ており母います朝

立ち居するたびに時間を確かめることなき朝々職退きてのち

エアコンの音のみ低く統べている真冬の部屋に死んではいない

轆轤《ろくろ》町ホッパラ町に血洗《ちあらい》町住みいし友らのその後を知らず

外壁を塗る職人の横顔に二月の光やわらかく差す

丁寧に塗り替えられたる外壁はクリーム色なり穏しく光る

メビウスの輪に沿う思考とりあえず真冬の夜気に凍らせておく

しらじらと全き月のうかぶ朝メビウスの輪のひとつが解ける

ゆっくりと四肢を伸ばして深呼吸くりかえす朝　きょうは戦う

最適解

花の芽のはつかふくらむ夜ならむ低き雨音聞きつつ眠る

わたくしの最適解があなたにも最適解となる春よ来い

微笑みを絶やさず物腰やわらかき店長のいて最後の買い物

桃色の財布ピンクのペンケース求めし店が閉じる三月

三月はさくら待つ月三月に生まれて何を待ちいる一生《ひとよ》

髪を切ることで捨て得るほどのものなべて捨てさる明日は生日

あかつきの雨ふる音に覚めてゆく春の海辺を歩む夢より

この春の桜がひらきはじめたよ真冬の景をさまようひとへ

エイプリルフールだねって笑いあう明るさなりしを桜よ桜

この春は捨てたい捨てねば捨てようと捨てさるまでを桜はらはら

さよならでもまたねでもなくありがとう言いおき春の道を発ちゆく

あきらめてしまえば優しくなれるだろうケルベロスさえ可愛い犬に

II

鴨川

悔やまずに荒神橋をわたりゆく捨てたるものも捨てたることも

鴨川の辺《へ》に立ち鳥を眺めおり翼もたねばしかと立ちつつ

川風に耳を澄ませて聴き分ける鳥の囀り人らの謗り

溜まりたる水屑《みくず》を流す鴨川をしばし見ており松原橋に

異界へと架かる橋なら振り向かず立ち止まらずに渡りゆくべし

橋わたり橋の向こうにあるものをしかと見たはず手に入れたはず

すずしろの花

トンネルに入れば途切れる電波にて繋がり保つさびしき友は

水張田の広がる景に真新しき建物いずれも介護の施設

春の日を旅路にありて気にかかる十六歳の三毛猫のこと

常願寺川の辺《へ》に咲くすずしろの花の向こうに白く立山

国道のコンビニ、ファミリーレストランここは日本のどこだっていい

パラドックス

どっぷりとひとつの悩みに浸る脳へ与えるゼノンのパラドックスを
いずこまで行けども道は半ばなり求道者としてゼノンは説きし

アキレスは結局亀に追いついて追い抜きどこかへ行ってしまえり

ぱらぱらと頁めくれば飛んでゆく一本の矢よゼノンを射ぬけ

なつかしきゼノンのパラドックスをいま考えること自慰のごとしも

有限の時間に生きていま越える無限の通過点のひとつを

スモークツリー

母がその母と旅せし桂浜に母とふたりで潮風のなか

ひとかけらの野望も抱かず龍馬像の前に立ちおり海は静けし

黄の百合を揺らすのは蜂七月のイングリッシュガーデン風なく

まばらなる薔薇の間を杖つきて歩める母の背を見て歩む

そういえば紫色が好きだった桔梗の前を母は動かず

親を看ることのもやもや今は措《お》きスモークツリーを母と見上げる

海馬

トンネルを抜けて思わず曲がりたる左は父の墓地へゆく道

何をどうしたいとかどうだっていい父の墓前に身は立ち尽くす

線香も花も持たずに来た父の墓前にしばし置きたるこころ

とぼとぼと家路を歩む夕暮れの帰巣本能あらがいがたく

青白きハイドランジアほっかりと浮かぶ新たな死者のいる庭

ひかり入れ風を通さぬガラス窓欲しいものだけ容れてきたのだ

研究者一人自死した夏の日をわれの海馬にしかとゆだねる

理化学研究所副センター長　笹井芳樹氏

土砂崩れ引き起こしたる土砂降りの雨なればその雨音を聴く

あきらめを容れる器がしずやかに膨らんでゆく夜また夜を

羊

木の声を聞かねばならぬ人去りてのちの春夏そしてこの秋

ボジョレーの空瓶五本が並びいる窓辺にあつまる秋のひかりは

秋空に放たれている羊たち風のなければ群れを崩さず

放たれて踏み出すときにその脚は痛むのだろう羊よ羊

始まりと終わりをいくつ経てきたる秋に到れば空あおくして

どこでどう間違えていま秋空を涙こぼさぬように見上げる

何のために生まれたのかと問う鳥に答えを囁く秋光のなか

唯一の答えを見つけた秋の日の青空高く鳥が飛びゆく

家族この難儀なものをばらばらにする斧とか鉈とか　誰か
カラフルなブロックつぎつぎ破壊する夕べ地下鉄に運ばれながら

民法ゼミ

張りのある声よどみなき言葉もて米寿の恩師の晴れやかな今日

中川淳先生

歳月の流れに洗われたることのあれこれ光を放ちはじめる

婚外子の相続問題に盛り上がる民法ゼミの同窓会は

四十年経て会う友らと酌み交わし川島なお美のことなど話す

還暦を間近に危うい男たちその危うさを愛しみて飲む

「かわいいぞ」孫の画像を見せくれる好好爺なりギターはやめたと

行政に法曹界に仕事する君たちのうなじ細かりし憶ゆ

歳月を経て会うひとの思わざる言葉のぬくもり充ちてこの夜

失いしものを数えず今のわが手にあるものを見よとぞ　見えず

あのときが最初だったね微笑んで見つめ合ったりしたのだろうか

あのときが最後だったねしみじみと語り合ったりするのだろうか

忘れたい忘れられないあれこれのいくつかやはり忘れておりぬ

失いしものの輪郭おぼろげになりゆくそんな程度のものごと

見たいもの聞きたいことを見聞きしたのちに打たれる雨、雨雨雨

ただいまと濡れたる靴を玄関にそろえて寒き現《うつつ》この夜

光点

目覚めれば雨　夢のなかを降っていた雨より激しく音たてる雨

アラームのような雨音鳴りはじめいよいよ暗き師走のこころ

それならば速く進めと　指先のささくれを噛むわたくしなので

赤白の光の帯のハイウェイに光点として走る夜更けを

真夜中に猫の争い唸る声聞くともなく聞く勝負つくまで

道端に仔猫を拾いまた拾い目覚めて安堵す氷点下の朝

冬晴れの今日もどこかで開かれているのだろう誰かを「しのぶ会」

ゆび先のつめたさをもて触れる耳もう何も聞く必要はない

きざし

あかときの冷気のなかを起《た》つ今日も良き日と三度唱えたのちに

きさらぎの雪ふる朝《あした》ひかりつつきざしは無韻のなかを横切る

土曜日の朝を穏しく弟とスマホに話す母のあれこれ

「東京は晴れているよ」弟の声に頷く声を出せずに

いたい痛い　それのみ満ちるときわれはおそらく誰かを傷つけている

腰の骨、肩の骨、首の骨　骨はわが形《なり》にしてきしみつつ古《ふ》る

ほうわりと巻いて頸椎あたためる桜の色の絹のスカーフ

三月の光を分けて歩みゆくピンクの靴の爪先は見ず

「ウロボロス」というドラマをケルベロスと言い誤りて無言に見つむ

翼あるものの傲慢くだかれて鳩の骸は車列の間《あい》に

はなびらと雨の滴を屋根に載せ夕日のなかを車駆りゆく

薄明のなか

エイプリルフールの朝を満開の桜さりとて言葉はあらず

たったいま思い出したる表情に春のひかりのダンデライオン

あたたかな椅子にはすぐに座らない少し気持ちが悪くて　すこし

エクストラバージンオイルに濡れているレタスを食べて光る唇

ゆるせない忘れられないそれならば気にしない陽を浴びている猫

あたたかな死より目覚めて薄明のなかを結んで開く手のひら

スズランに猛毒あると知りてよりさびしいときは画像ながめる

砂糖、塩、醤油をボウルに入れる時さらりとよぎる言葉「致死量」

たっぷりとグラスに注ぐ中国産烏龍茶飲む　あるいは飲まない
はつなつの光が生みだす陰に置く危険なものはしずやかに置く

発光

さみどりの常願寺川を眺めおり去年は友と今年は母と

日石寺の二百の石段迂回して母とゆっくり裏道をゆく

青白く発光しているホタルイカ抱《いだ》きて海は底まで暗し

ＭＲＩ画像に明るき空色の部分は脳の萎縮と説かる

弟に母のＭＲＩ画像見せたるのちに土産を渡す

笑いまた笑う母なり傍らに弟とわれ母の二人子

大丈夫まだまだ元気と母が言う十八歳の猫見つつ言う

山田電器店ならぬヤマダ電機にて母に新型エアコンを買う

エアコンは嫌いと言いて斃《たお》れたる人らの一人になるな母さん

真珠

はつなつのひかりを遮るのは青葉いよよ深まる闇を生ましめ

穏やかな声が耳より全身に満ちゆく今は泣いていいのだ

やわらかな声音を聞きつつどこまでも退行したい体まるめる

六月の光は部屋に充ち満ちて落ちたる真珠のつぶ照らしおり

何度でもつなげばよいのだ散らばれる真珠の粒を拾い集める

自覚なき無責任なり前向きに生きよとかろがろ諭ししことも

やがて梅雨それから夏の待ちうける季節たしかな前進である

白き手のさらに白さを増しながら癒えてゆくのか夏はもうすぐ

またひとつ薬増えたりピルケース振ればしゃらしゃら陽気な音に
あたたかき言葉いくつも梅雨晴れの空をわたりて降りそそがれる

魑魅魍魎

みなづきを食べず茅の輪をくぐるなく迎える今年の夏の熱さは

祇園祭の提灯ならぶアーケード魑魅魍魎を連れて通りぬ

提灯の点る鉾町界隈を巡りて拾い集める記憶

猛暑日の日向に並べて干すタオル骨の色まで漂白なして

干からびる蟬の骸を踏みたれば蟬なりしものの壊れる音す

汗とともに滲み出てゆくわたくしの成分それがなくてもわたくし

装わずまして鎧わず立ちたきを真夏の日差しのような視線に

いくたびの転生なして得たる身にビルの間を翔ぶ黒揚羽

暮れなずむ空の一隅《いちぐう》人類の叡知が発光しつつ過りぬ

一つ一つの細胞から成るわたくしをその細胞まで戻す夏の夜

失いて身軽になれるをたのしめば極彩色の熱帯夜の夢

漕ぎいでな

コンパクトシティ京都の昼下がり大路小路を自転車はしる

おいもさん、おけそくさんにおあげさん　やさしさならぬ柔らかさにて

大本山建仁寺の石垣に作りし秘密基地の跡見ゆ

境内を怒れる僧に追われしを半世紀経て夢に怯える

雨上がりの川辺に二匹のヌートリア特定外来生物として

千年の前に絶えたる鳥あらむ賀茂川の上を飛ぶ都鳥

船鉾の粽のかたえに月鉾の粽を掲げる　いざ漕ぎいでな

社会正義

ひそひそと耳をかすめる秋の風なに為すとなく過ぎてゆくのみ

競売をケイバイと読む主婦にして遠き社会正義の実現

ブランドのショップ袋がこすれあいエレベーターは中国語に満つ

中国の人ら降りゆきデパートのエレベーターは静かなる箱

金色の小壜に充ちる美容液いまは思うな粗利《あらり》のことなど

しろがねの針降るような霜月の雨に傷つけられたのではない

還りゆく土の臭いか雨のなか歩むあたりを立ちのぼりくる

もういいじゃないのと囁く桜木の落とす紅葉を踏みしめてゆく

わかってるこれは夢やわ　笑ってる父の頭の黒々として

今しばし夢に在りたし初冬の朝を大きな父の背に凭《よ》る

ため息をついて小さく舌打ちすやはり昨日の続きの朝だ

そら、耳に冬の遠雷　空耳といわれてそうかもしれぬと思う

身めぐりの幾つかを捨て幾つかは譲りかろがろ買い物にゆく

穏やかに光《て》るスマホよりいくつもの連絡先を消す大晦日

シュレーディンガーの猫

八十五の母と十八歳の猫こたつに寝ており冬の真昼を

預けたる十八歳のわが猫は真冬をシュレーディンガーの猫

冬の日の道端に横たわる猫シュレーディンガーの猫かもしれず

冬の夜の風にまじりて聞こえくる仔猫の鳴く声夢のなかまで

黒二匹、茶トラ三匹、三毛と白　この冬を越すいくつの命

ベランダに遭いたる野良猫じりじりと後ずさりゆく視線そらさず

賜物

あらたまのひかり差し込む窓の辺《へ》に動き続けるソーラーウォッチ

賜物とひそかに思う歳月に重なる短歌時評集ひらく

まなぶたを閉じれば消える全世界さしあたりイオンモールへ行こう

鹿児島の鶴が北へと帰りゆく画面を閉じて一月の尽

きさらぎの光あまねくふりそそぐ建国記念日　円は急騰

入りつ日の朱《あけ》に照り染む横顔の険しさなべて削ぎ落とされて

ずんずんと押し寄せてくる口語かな　荒神橋から北を見ている

凍えたる手にスマホもつ二月《にんがつ》の真夜中ひとつの言葉にれがむ

必要十分

桜木の蕾ふくらむ枝のさき望まなければ失望はない

時刻どおり走る列車に運ばれてゆくのは不穏な荷物わたくし

赤鋼《あかがね》のあぎとのなかへ放り込む言葉は不発弾となるやも

私心あり二心《ふたごころ》あり妬心あり醜くなるのに必要十分

数年を探してきたる古書なるを競り負けて夜さびさびと夜

歳月を重ねていよよ深くなるわが隠《こも》り沼《ぬ》にうすら光《ひ》あらば

わたくしが嵌めた緊箍児《きんこじ》わたくしが唱える緊箍呪《きんこじゅ》　泣いて泣いてなお

結界

列島に棲むしかなくて住むひとの億の心を揺さぶる列島

結界の内外《うちそと》いずれ安からむ先斗町の路地ぬけてゆく

京言葉すこしひそめて異国語に満ちる三条大橋わたる

わすれものを探しに行こう初夏《はつなつ》の緑あふれる青蓮院へ

あとがき

『シュレーディンガーの猫』は、二〇一〇年に出版した第一歌集『月虹』に続く私の第二歌集である。

思うところがあって『月虹』には二〇〇八年までの作品を収録したため、本書は二〇〇九年から今年の六月までの四四三首を収めている。二十年もの間、歌集を出す気持ちにならなかったのに、五十代で二冊の歌集を出版するとは思いもよらなかったことだ。

作品を編んでみると猫の歌が多かったのでタイトルにしたが、昨今の猫ブームに便乗したわけではない。幼い頃から猫だけでなく様々な生き物と生活を共にして、人として生きる自分を省みてきたように思う。私にとって短歌を詠むことは、心を言葉で表す人間の業を見つめることなのかもしれない。
「歌集を出すたびに景色が違って見えるようになる」とは神谷佳子先生のお言葉だが、今度はどのような景色が見えてくるのか、とても楽しみにしている。

常にあたたかく見守ってくださった中野照子先生、小西久二郎先生、また、この歌集を編むにあたり貴重なご教示をいただき、身に余る帯文を賜りました神谷佳子先生、そして「好日」の先生方、歌友の皆様、誠にありがとうございました。
出版に際して、ご助言とご配慮をいただきました短歌研究社編集長の堀山和子様、編集部の菊池洋美様に厚く御礼申し上げます。

二〇一六年八月一六日

畑谷隆子

検印
省略

好日叢書第二八七篇

平成二十八年十一月一日　印刷発行

歌集　シュレーディンガーの猫《ねこ》

定価　本体二七〇〇円（税別）

著　者　畑《はた》谷《や》隆《たか》子《こ》
郵便番号六〇七―八二五六
京都市山科区小野荘司町六―八〇

発行者　堀山和子

発行所　短歌研究社
郵便番号一一二―〇〇一三
東京都文京区音羽一―一七―一四　音羽YKビル
電話〇三（三九四四）四八二二・四八三三
振替〇〇一九〇―九―二四三七五番

印刷者　研文社
製本者　牧製本

ISBN 978-4-86272-509-7　C0092　¥2700E